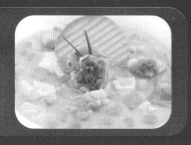

星级酒店精致西餐

汤

食尚文化○组织编写

化学工业出版社

·北京·

图书在版编目（CIP）数据

汤/食尚文化组织编写. —北京：化学工业出版社，2010.6
（星级酒店精致西餐）
ISBN 978-7-122-08289-3

Ⅰ.汤…　　Ⅱ.食…　　Ⅲ.汤菜-食谱　　Ⅳ.TS972.188
中国版本图书馆CIP数据核字（2010）第071348号

责任编辑：张　彦
责任校对：吴　静　　　　　装帧设计：迷底书装

出版发行：化学工业出版社（北京市东城区青年湖南街13号　邮政编码100011）
印　　装：北京画中画印刷有限公司
720mm×1000mm　1/16　印张6　字数10千字　2011年1月北京第1版第1次印刷

购书咨询：010-64518888（传真：010-64519686）　　售后服务：010-64518899
网　　址：http://www.cip.com.cn
凡购买本书，如有缺损质量问题，本社销售中心负责调换。

定　　价：38.00元　　　　　　　　　　　　　　版权所有　违者必究

目 录 *Contents*

出品量 1 份

原　料

黄油	10克	洋葱	15克
龙虾	1只	芹菜	15克
番茄酱	20克	胡萝卜	15克
番茄	10克	香叶	2克
奶油	10克	白葡萄酒	20毫升
盐	6克	鱼水	300毫升

制作过程

1. 将龙虾去皮。将龙虾壳与黄油、番茄酱、切成丁状的洋葱、芹菜、胡萝卜一起烤制20分钟（炉温160℃）备用。

2. 将烤好的成品放入锅内，再加入300克鱼水、白葡萄酒、香叶煮制15分钟。

3. 将煮好的汤过滤，然后放入奶油、盐调味即可。

小贴士：

烘烤壳时，时间不宜过长，温度不宜过高，否则容易发苦。

北京万达索菲特酒店西餐厨师长。

出品量1份

原　料

原料	用量	原料	用量
鲈鱼肉	30克	干白	10毫升
鲜扇贝	30克	番茄酱	10克
鱿鱼仔	30克	鸡粉	3克
洋葱	20克	胡椒粉	2克
芹菜	20克	盐	2克
胡萝卜	20克	黑椒碎	1克
鲜紫苏叶	5克	鱼清汤	200毫升
柠檬	10克		

制作过程

1. 将海鲜切丁，放入锅内炒香，加入蔬菜粒炒约3分钟，喷入干白酒、番茄酱，炒至断生，加鱼清汤煮开。

2. 汤内加入鲜紫苏叶丝、柠檬、盐、胡椒粉、鸡粉，不时搅动，煮至汤浓香。

3. 装盘后，撒黑椒碎、鲜紫苏装饰即可。

北京温特莱酒店西餐行政总厨。

意大利菜汤 \ 制作者：朱岩
Minestrone a La Milanese

 出品量①份

原料

培根碎	2条	意大利面	3条
洋葱	1/2个	蒜蓉	20克
胡萝卜	1/2根	熟红腰豆	10克
西芹	1/4棵	紫苏	1克
卷心菜	1/4棵	比萨香草	1克
土豆	1个	牛膝草	1克
小绿节瓜	1/4根	香叶	2片
小黄节瓜	1/4根	帕玛森芝士粉	3克
番茄酱	30克	盐	适量
基础汤	50毫升	胡椒粉	适量

制作过程

1. 将所有蔬菜清洗干净，切成小丁。

2. 用油炒香培根碎后，依次放入洋葱、胡萝卜、西芹、卷心菜、小绿节瓜、小黄节瓜，土豆丁稍炒片刻，加入蒜蓉炒香。再加入番茄酱炒出红油，加入基础汤，放入香叶、比萨香草、牛膝草煮沸。

3. 撇去上面的浮沫，煮约40分钟，放入红腰豆后调味，最后放入煮好的意大利面。

4. 盛入汤盘中，上面撒上帕玛森芝士粉即可。

湖北大厦西餐行政总厨。

出品量 1 份

原 料

兰度豆	30克
洋葱丝	20克
鸡汤	300毫升
香叶	1片
芹菜碎	5克
印度咖喱粉	2克
盐	4克
胡椒粉	2克
鲜黄油	10毫升

制作过程

1. 首先将兰度豆用足量的清水浸泡120分钟。

2. 取汤锅上火加入黄油、洋葱丝、芹菜碎炒至洋葱变软，加入鸡汤和泡软的兰度豆、香叶、咖喱粉，用中火煮30分钟。

3. 将煮熟的豆汤用打碎机打烂过罗，然后重新放入汤锅中上火煮开，用盐和胡椒粉调味，盛入汤碗中即可。

华侨大厦行政总厨。

鸡清汤 \ 制作者：于兵
Chicken Broth

出品量❶份 ─────────────────────────────────

▊ 原　料

老鸡	300克	法国香菜	5克
清水	1000毫升	香叶	1片
洋葱	100克	盐	4克
芹菜	60克	黑胡椒粒	5克
胡萝卜	15克	熟鸡肉	30克
蘑菇	15克		

▊ 制作过程

1. 首先将老鸡斩为两片，用水洗净控水。

2. 取50克洋葱切成厚片，用锅将双面煎成深棕色糊洋葱备用。

3. 取一个大汤锅加入适量凉水，放入老鸡用大火煮开撇净沫子。加入洋葱、芹菜、胡萝卜、法国香菜、糊洋葱、黑胡椒碎和香叶，用中小火煮2小时，然后用细纱布过滤。

4. 将剩余的胡萝卜、芹菜、蘑菇切细丝，熟鸡肉切丝、法香切碎放入鸡汤中用盐调味煮开即可。

 出品量❶份

原　料

洋葱丝	60克	盐	4克
牛肉汤	200毫升	胡椒粉	2克
白兰地	6毫升	烹调油	5毫升
古老也芝士碎	25克	香叶	1片
法式面包	1片	蒜肉	1粒

制作过程

1. 将洋葱丝用油炒至呈深金黄色，加压扁的蒜肉一起炒，取出控油。

2. 另取汤锅加入牛肉汤、香叶、炒过的洋葱丝，上火煮开撇沫子，煮40分钟。

3. 用盐、胡椒粉、白兰地调味离火。

4. 将煮好的汤盛入汤碗中，上面放法式面包片，撒芝士碎，用烤炉把表面烤成金黄色即可。

奶油土豆汤 \ 制作者：于兵
Potato Cream Soup

原　料

土豆	150克	盐	4克
洋葱丝	20克	胡椒粉	2克
鸡汤	200毫升	鲜黄油	10克
香叶	1片	萨拉米肠	10克
培根碎	5克	淡奶油	15毫升

制作过程

1. 取汤锅上火，加入黄油、洋葱丝、培根碎炒至洋葱变软，加入鸡汤和去皮土豆块、香叶，中火煮30分钟。

2. 将煮熟的土豆汤用打碎机打烂过罗，然后重新放入汤锅中，上火用盐和胡椒粉调味，加入淡奶油，搅拌均匀，盛入汤碗中，面上放萨拉米肠即可。

出品量1份

原料

白芸豆	10克	洋白菜	50克
土豆	20克	肉汤	250毫升
烟熏猪通脊	20克	丁香	少许
胡萝卜	10克	茴香籽	少许
洋葱	20克	香叶	2片

制作过程

1. 将芸豆用温水泡制8小时，待用。

2. 土豆和通脊肉切成丁，胡萝卜、洋葱切成碎，洋白菜切成丝，待用。

3. 热锅放油，加入洋葱和胡萝卜、香叶炒香，再加入土豆和通脊肉。

4. 放入肉汤，加入芸豆煮制，调味，加入少许丁香和茴香籽。

5. 出锅前加入洋白菜，开锅煮1～2分钟即可。

北京金茂威斯汀酒店西餐厨师长。

出品量❶份

原　料

德式酸面包	60克	德式烟熏五花肉	30克
德式面包	60克	法香	5克
洋葱	20克	大葱	15克
胡萝卜	20克	水	300毫升
大蒜	10克	香叶	2片
白葡萄酒	25毫升		

制作过程

1. 热锅放油，加入洋葱和胡萝卜，香叶炒香，再加入五花肉和大葱、大蒜。

2. 烹白葡萄酒，加入水，再将面包放入，煮大约20分钟。

3. 将五花肉和香叶挑出，把汤打碎。

4. 五花肉切成小丁，出菜时将肉丁加入汤中，再撒上少许法香碎即可。

出品量❶份

原　料

原料	用量
法兰克福香肠	30克
兰度豆	100克
盐水猪后肘肉	20克
肉汤	250毫升
胡萝卜	20克
洋葱	20克
白酒醋(白醋)	10毫升
香叶	2片

制作过程

1. 将兰度豆用温水泡制8小时，待用。

2. 将香肠切片，猪肘切丁，胡萝卜和洋葱切碎。

3. 热锅加油，先放入洋葱和胡萝卜、香叶炒香。

4. 之后加入香肠和猪肘肉，倒入肉汤，最后加入兰度豆煮制。

5. 调味，加入白酒醋，煮熟即可。

出品量①份

▌原 料

番茄	200克
黄瓜	150克
番茄汁	100毫升
红洋葱	50克
橄榄油	50毫升
大蒜	20克
红酒醋	35毫升
鲜紫苏叶	10克

▌制作过程

1. 将番茄、黄瓜去皮去籽，切成块。洋葱、大蒜切碎。

2. 将所有的原料放入打碎机中一起打碎，打成汤状，装入器皿中即可。

出品量1份

原 料

小牛柳	20克	色拉油	15毫升
洋葱	10克	盐	4克
胡萝卜	10克	胡椒粉	3克
芹菜	10克	牛精粉	5克
土豆	15克	柠檬	50克
红菜头	10克	糖	15克
番茄酱	30克	黄油	适量
香叶	2片	牛肉汤	200毫升
干辣椒	3个		

制作过程

1. 将小牛柳、洋葱、胡萝卜、芹菜、土豆切成细条状备用。

2. 起锅炒黄油、香叶、干辣椒，炒香后加入洋葱、胡萝卜、芹菜、红菜头略炒，加入番茄酱，炒出红油，加入牛肉汤，开锅15分钟加入土豆、牛柳，待煮开后，加入以上调味料调口即可。

北京鸿翔酒店西餐行政总厨。

 出品量❶份

原　料

牛肉	30克	胡萝卜	5克
甜辣椒粉	2克	番茄膏	20克
红豆	20克	盐	2克
白芸豆	10克	鸡粉	1克
红小豆	20克	鸡汤	500毫升
花脸豆	5克	淡奶油	2毫升
黑豆	5克	黄油	适量
洋葱	5克		

制作过程

1. 牛肉切丁，加入辣椒粉腌制，各种豆用温水泡12小时。

2. 取平底锅加入黄油炒洋葱丁、胡萝卜片、牛肉丁和番茄膏，等番茄膏的酸味消失后加少许干红，再加入鸡汤煮沸，最后加入各种豆煮熟，冷却倒入打碎机搅拌成蓉状，第二次煮沸调味。

3. 将汤倒入餐具中，加入淡奶油，用鲜香草装饰。

西餐高级烹饪技师。

出品量①份

原　料

原料	用量	原料	用量
土豆	100克	鸡汤	200毫升
胡萝卜	40克	小水饺	10克
洋葱	15克	柠檬皮	适量
香葱	10克	蒜	适量
培根	40克	鲜百里香	少许
淡奶油	20毫升		

制作过程

1. 将土豆、胡萝卜做成球状，煮熟；小水饺煮熟，待用。

2. 取平底锅加热，用黄油炒香洋葱丁、香葱碎、培根，加入鸡汤、土豆、胡萝卜煮熟，冷却后搅拌茸，第二次加热添加调味料。

3. 将柠檬皮、蒜、培根剁碎作为调味料加入汤中搅拌均匀（一定要是离火加入）。

4. 将汤装入汤盅，放煮熟土豆球、胡萝卜球和小水饺，最后撒鲜百里香碎点缀即可。

墨西哥玉米汤 ＼ 制作者：邓旭营
Mexican Cron Soup

出品量❶份

原　料

原料	用量	原料	用量
牛肉	50克	鲜豆皮	5克
玉米粒	50克	盐	1克
藏红花	0.2克	鸡粉	1.5克
洋葱	15克	牛肉汤	200毫升
胡萝卜	15克	黄油	适量
土豆粉	10克	香草	适量

制作过程

1. 用黄油炒香洋葱丁、胡萝卜丁、牛肉丁，加牛肉汤、香草和藏红花煮熟。

2. 将煮熟的牛肉汤里加入玉米粒、土豆粉煮15分钟后，加入油豆皮煮1分钟即可调味。

3. 将成品汤放入汤盅装饰即可。

意大利豆汤 \ 制作者：邓旭营
Italian-Style Bean Soup

出品量1份

原　料

焗豆	40克	洋葱	适量
烟熏火腿	20克	大蒜	适量
黄油	10克	培根	适量
盐	1克	鲜百里香	少许
鸡粉	1.5克	柠檬碎	少许
鸡汤	180毫升		

制作过程

1. 黄油炒洋葱碎、蒜碎、培根碎、烟熏火腿加少许水煮沸2分钟，加入焗豆继续煮，煮出豆香味和烟熏味，离火加入柠檬碎和黄油。

2. 出品配蒜蓉黄油焗法包即可。

出品量①份

▌原　料

大虾	1只	鱼露	0.2克
带子	25克	盐	2克
草菇	5粒	鸡粉	1克
干香茅	1克	鸡汤	300毫升
干柠檬皮	1片	淡奶油	20毫升
鹌鹑蛋	2个		

▌制作过程

1. 首先选用上等的鸡汤，加入少许的蛋奶油、草菇、干柠檬、鹌鹑蛋、干香茅煮10分钟。

2. 选优质大虾和带子加入汤中煮熟后调味冷却。

3. 装入汤盅用藏红花点缀即可。

出品量1份

原 料

青豆	100克
洋葱	20克
培根	20克
黄油	5克
干白	10毫升
鸡汤	200毫升

制作过程

1. 将洋葱、培根用黄油炒出香味后加入干白。

2. 加入鸡汤，煮开后放入青豆。

3. 煮熟后放入打碎机，打碎过滤，调味即可。

北京天伦松鹤酒店西餐总厨。

奶油番茄汤 \ 制作者：张炳辉
Cream of Tomato Soup

 出品量❶份

▌原　料

番茄	250克	百里香	3克
番茄酱	30克	鸡汤	200毫升
黄油	40克	淡奶油	50毫升
洋葱	50克	盐	5克
蒜	20克	白胡椒粉	4克

▌制作过程

1. 番茄洗净切块；洋葱、蒜切碎。

2. 黄油炒洋葱、蒜、百里香，炒香后加入番茄酱炒透，放入番茄加鸡汤煮开后关小火继续煮约20分钟。

3. 用打碎机将汤打碎过罗后加热，放入奶油、盐、胡椒粉调味即可。

北京天坛假日酒店西餐行政总厨。

奶油杏仁南瓜汤 \ 制作者：张炳辉
Cream of Pumpkin Soup with Almon

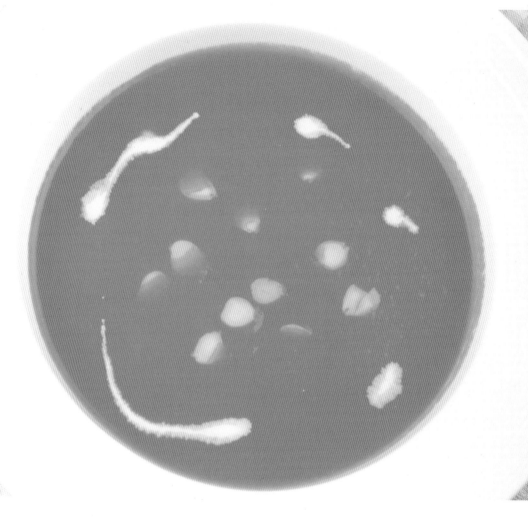

 出品量①份

原　料	
南瓜	200克
杏仁	50克
黄油	40克
洋葱	50克
鸡汤	300毫升
淡奶油	50毫升
盐	4克
白胡椒粉	3克

制作过程

1. 南瓜去皮切成小块，洋葱切碎。

2. 用黄油炒香洋葱，放入南瓜、杏仁翻炒后加入鸡汤煮约30分钟。

3. 用打碎机将南瓜汤打烂后过罗，加热，加入淡奶油、盐和胡椒粉调味即可。

 出品量❶份

▌原料

白菜花	100克
淡奶油	20毫升
牛奶	100毫升
黄油	20克
洋葱	20克
面粉	30克
鸡汤	100毫升

▌制作过程

1. 先用黄油炒洋葱碎，然后加入菜花，再加入少量热水把菜花煮烂。

2. 用打碎机把煮好的菜花打碎。

3. 炒黄油，加入面粉炒香后加入热牛奶，搅拌上劲。

4. 加入鸡汤，使其浓度合适，加盐、胡椒粉调味。

5. 加入菜花碎和淡奶油搅拌均匀，出菜前装饰即可。

鸡清汤配意面 \ 制作者：刘伟
Chicken Noodle Soup

原料

鸡胸	500克	鸡蛋清	3个
洋葱	100克	胡椒粉	2克
胡萝卜	100克	鸡粉	2克
盐	6克	鸡汤	2000毫升
芹菜	100克	烤洋葱	100克
迷迭香	5克	熟小弯通心粉	20克

制作过程

1. 将鸡胸、洋葱、芹菜、胡萝卜绞成馅。

2. 加入所有原料打上劲（烤洋葱、通心粉除外）放入鸡汤。先大火烧至微开，调至小火，加入烤洋葱。煮6小时，过罗，加入通心粉即可。

北京渔阳饭店西餐行政总厨。

牛肉清汤配蔬菜丝 \ 制作者：张炳辉

Beef Consommé with Vegetable Julienne

 出品量❶份

▌原　料

牛肉馅	500克	百里香	10克
牛骨段	500克	奥里根奴	10克
洋葱	500克	香叶	5克
芹菜	200克	黑胡椒粒	5克
胡萝卜	300克	盐	3克
大葱	50克	白胡椒粉	3克
鸡蛋清	20克	水	3000毫升

▌制作过程

1. 将牛骨段烤上色后放入锅中加入香叶、黑胡椒粒、洋葱、胡萝卜、芹菜、水，煮约4～8小时，制成牛骨水，放凉备用。

2. 牛肉馅中加入洋葱碎、胡萝卜碎、芹菜碎、百里香、奥里根奴、香叶、黑胡椒、鸡蛋清搅匀至上劲后加入冷的牛骨水，搅匀。

3. 洋葱切厚片用锅扒至两面上色。

4. 芹菜、大葱白、胡萝卜切细丝备用。

5. 先用小火慢煮牛肉汤，间隔性轻轻搅动牛肉汤防止煳底，待水温升高牛肉馅开始上浮固定后停止搅动，放入上色的洋葱片，小火煮约4～8小时。

6. 待煮好后舀起牛肉汤过罗（纱布），调味后放入蔬菜丝即可。

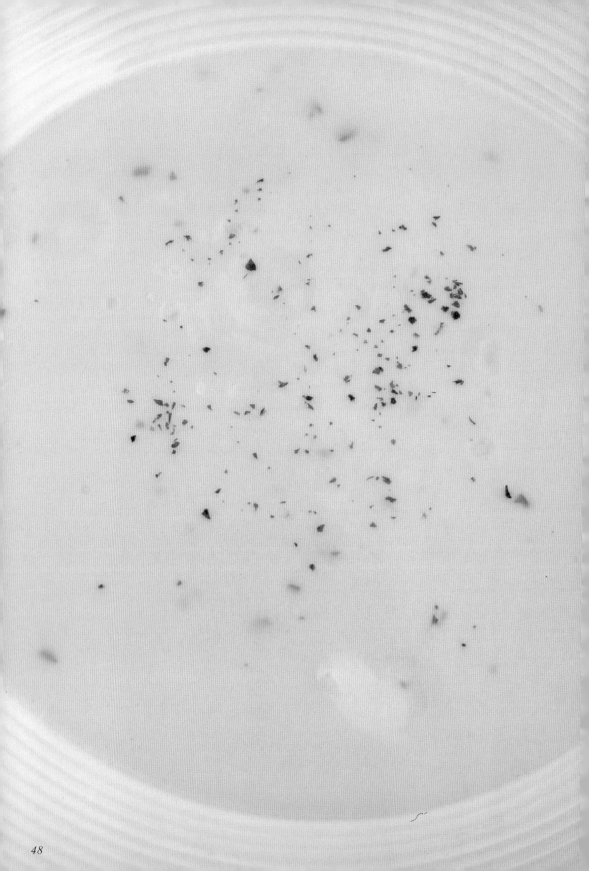

出品量❶份

原　料

甜玉米	100克	盐	4克
鸡汤	200毫升	胡椒粉	1克
洋葱	50克	白葡萄酒	少许
白汁	50毫升	鸡粉	2克
奶油	50毫升	黄油	适量

制作过程

1. 先用黄油煸炒洋葱，出香味后加入甜玉米、鸡汤煮熟。

2. 放入打碎机打烂后，再放入锅中加热，开锅调味即可。

出品量1份

原　料

鲜芦笋	200克
洋葱	50克
鸡汤	300毫升
淡奶油	50毫升
盐	3克
橄榄油	10毫升

制作过程

1. 先将原材料洗净，芦笋切成小段，洋葱切碎。

2. 用开水把芦笋尖焯熟放入冰水拔凉备用。

3. 将锅烧热加入橄榄油，油温升至七成热后，放入洋葱碎，炒香后再加入剩余芦笋段一起炒，炒出芦笋香味后，加入鸡汤300毫升，锅开后小火煮20分钟，然后放凉。

4. 将放凉的芦笋及鸡汤一起加入打碎机打碎，打碎后过罗，留下浓汤，浓汤上火加热，锅开后加入淡奶油搅拌均匀，再小火煮5分钟放入盐调味。

5. 将做好的芦笋汤倒入汤碗，上面放上芦笋尖装饰即可。

北京富力会西餐行政总厨。

奶油胡萝卜汤 \ 制作者：郝强
Cream of Carrot Soup

出品量❶份 ....

▌ 原 料

胡萝卜	500克
洋葱	100克
鸡汤	1000毫升
淡奶油	220毫升
盐	10克
橄榄油	10毫升

▌ 制作过程

1. 先将原材料洗净，胡萝卜切成滚刀块，洋葱切碎。

2. 将20毫升淡奶油打发，放入冰箱冷藏备用。

3. 将锅烧热加入橄榄油，油温升至七成热后，放入洋葱碎炒香，再加入胡萝卜块一起炒，炒出胡萝卜香味后，加入鸡汤，锅开后小火煮20分钟。然后放凉。

4. 将放凉的胡萝卜及鸡汤一起加入打碎机打碎，打成细蓉，再加入淡奶油200毫升上火加热，搅拌均匀，小火煮5分钟放入盐调味。

5. 将做好的胡萝卜汤倒入汤碗，上面加入打发的淡奶油装饰即可。

 出品量1份

原　料

土豆	300克
大葱	100克
培根	50克
盐	10克
淡奶油	200克
面包丁	10克
橄榄油	10毫升
鸡汤	1000毫升

制作过程

1. 先将土豆大葱洗净，土豆去皮切成大块，大葱切成大段。

2. 将锅烧热加入橄榄油，油温五成热时放入培根、大葱，炒香后加入鸡汤，锅开后加入土豆小火煮30分钟，然后放凉。

3. 将放凉的土豆、大葱、培根及鸡汤一起加入打碎机打碎，打成细蓉，再加入淡奶油200毫升上火加热，搅拌均匀，小火煮5分钟放入盐调味。

4. 将做好的土豆大葱汤倒入汤碗，上面加入面包丁装饰即可。

胡萝卜姜味汤 \ 制作者：张利民
Carrot Ginger Soup

出品量6份

原　料

胡萝卜	200克
大米	100克
鸡汤	1500毫升
淡奶油	100毫升
橄榄油	10毫升
生姜	30克

制作过程

1. 锅内放油烧热，放入切好的胡萝卜、大米、生姜，炒香后加入鸡汤，大火煮开转至小火至米粒成熟。

2. 将煮好的汤放入搅碎机打碎，回锅加热，加入淡奶油调味即可。

北京颐锦温泉会所行政总厨。

出品量1份

原　料

黄油	50克
面粉	50克
鱼汤	400毫升
奶油	50毫升
蟹肉	200克

制作过程

1. 用黄油将面粉炒香，加入鱼汤打匀，煮开。

2. 把蟹肉放入煮开，调入奶油，调味即可。

东洋宫汤 \ 制作者：许哲峰
Thai Style Tom Yam Soup

出品量3份

原 料

大虾	500克	辣椒酱	10克
香茅	3棵	鱼露	15毫升
鲜南姜	3片	香菜	5克
泰国辣椒	10个	椰奶	10毫升
青柠叶	5片	冬荫功酱	10克
香葱	3棵	水	1000毫升
青柠汁	15毫升		

制作过程

1. 首先，虾去壳和虾线。锅中放油，将虾壳和香茅碎（1棵）炒1分钟，加入水煮20钟后过滤。

2. 汤中加入香茅、南姜片、辣椒、辣椒酱、青柠叶、鱼露和冬荫功酱煮20分钟，加入虾再煮3分钟后熄火，加入其他材料并调味即可。

北京名人国际酒店西餐总厨。

原　料

鳕鱼	1000克	樱桃番茄	100克
青鱼	500克	橙子皮	1个
黄油	15克	茴香籽	5克
洋葱	1个	藏红花	10克
香草包	2份	番茄酱	15克
干白	20毫升	八角水	10毫升
橄榄油	20毫升	莳萝草	5克
大蒜碎	10克	威士忌	10毫升
青蒜	3棵	水	1500毫升
芹菜	3棵		

制作过程

1. 把鱼清洗干净，鱼肉切条，边角料（头、尾、骨）搅碎。

2. 锅中放入黄油，将洋葱丝炒软（不要上色），加入边角料、冷水、香草包、干白，小火煮1小时，过滤，制成鱼汤备用。

3. 鱼条中加入橄榄油、大蒜、藏红花，放冰箱中腌制2小时。

4. 锅中放入橄榄油，加入洋葱碎、青蒜丝、芹菜碎炒15分钟，再加入番茄、蒜、香草包、橙子皮和茴香籽，加入鱼汤和藏红花，煮40分钟；加入鱼条再煮6分钟。

5. 将威士忌、番茄酱、八角水混合均匀，放入鱼汤中调味，倒入容器中，放上莳萝草即可。

出品量❹份

原　料

洋葱	2个
马铃薯	400克
文蛤	500克
番茄罐头	1听
培根	200克
橄榄油	适量
盐	适量
水	1500毫升

制作过程

1. 将文蛤洗净切碎；番茄带汁搅碎；培根切丁；洋葱切碎；马铃薯切丁。

2. 锅中放油，先将洋葱碎和培根略炒，然后加入马铃薯、番茄和水煮1小时后调味，最后加入文蛤煮开即可。

出品量 3 份

原 料

牛奶	900毫升
盐	2克
奶油	10克
鸡精	3克
橄榄油	20毫升
面粉	60克
口蘑	200克
鸡汤	300毫升

制作过程

1. 用橄榄油炒口蘑，加入面粉，倒入鸡汤煮5分钟。

2. 将牛奶和奶油倒入锅里用文火煮开。

3. 用打碎机将汤搅拌均匀调味即可。

海航万豪酒店西餐厨师长。

出品量 2 份

原　料

大虾	1只
八爪鱼	1只
扇贝	1只
贻贝	2个
鱼汤	500毫升
藏红花	0.5克
干白	5毫升

制作过程

1. 将煮好的鱼汤放入干白、藏红花调味、调浓度。

2. 将各种煮好的海鲜放入汤中装饰即可。

天坛饭店西餐行政总厨。

青瓜酸奶冷汤 \ 制作者：温彦钊
Cold Cucumber and Yogurt Soup

🄳🄿🄸🄻🄼 出品量1份

▌原　料

黄瓜	100克
酸奶	50毫升
矿泉水	200毫升
糖	10克

▌制作过程

1. 黄瓜洗净去皮后切块。

2. 加入酸奶、矿泉水、少许糖，用打碎机打成汁，倒入汤碗中即可。

出品量❷份

原　料

土豆块	200克
大葱	100克
淡奶油	10毫升
培根	20克
黄油	10克
香叶	1片
盐	适量
胡椒粉	适量
鸡汤	400毫升
面包丁	适量

制作过程

1. 用黄油将大葱、培根炒香后，放入切好的土豆，加香叶、鸡汤（400毫升）煮30分钟调味。

2. 用打碎机打成汤，加淡奶油装入汤碗，放入面包丁即可。

日式酱汤 \ 制作者：温彦钊
Miso Soup

 出品量 2 份

原料

日本黄酱	25克
鸡精	3克
水	200毫升
豆腐	10克
紫菜	适量
青葱	适量

制作过程

1. 将水煮开，放入日本黄酱，用鸡精调好味。

2. 加豆腐、紫菜，盛入碗中，加入青葱碎即可。

 出品量**1**份

原　料

西兰花	50克
鸡汤	200毫升
洋葱	10克
芝士粉	5毫升
淡奶油	10克
黄油	5克
盐	适量
胡椒粉	适量

制作过程

1. 用黄油炒洋葱、西兰花，然后加入鸡汤，煮烂。

2. 用打碎机打碎后加入淡奶油、芝士粉等调味即可。

意式白豆汤配香脆风干火腿 \ 制作者：魏永明
Cappuccino of White Beans With Crispy Pancetta

出品量❶份

原 料

大白芸豆	25克	黄油	5克
洋葱	8克	橄榄油	5毫升
芹菜碎	5克	鸡汤	120毫升
胡萝卜	5克	淡奶油	20毫升
大蒜片	3克	盐	4克
培根	12克	意式风干火腿肉	12克
鲜百里香	5克	胡椒粉	适量
香叶	3克		

制作过程

1. 把大白芸豆用温水浸泡24小时备用。

2. 将风干火腿切薄片，用小火煎干至金黄色，做装饰。

3. 用黄油、橄榄油炒蔬菜碎和大白芸豆、培根，炒香后加鸡汤、百里香草、香叶煮熟，取出培根，用打碎机打碎，过罗，加盐、胡椒粉调口。

4. 出菜时在汤表面放一勺打起的淡奶油，在汤盘边配煎好的风干火腿装饰即可。

国家大剧院西餐行政总厨。

北京特式鸭清汤 \ 制作者：魏永明
Beijing Duck Tea with Fine Vegetable

出品量2份

原料

鸭肉馅	150克	大料	2克
鸡肉馅	75克	姜	7克
烤鸭架	1/2个	大葱	7克
洋葱碎	150克	黑胡椒	2克
芹菜碎	50克	盐	4克
胡萝卜碎	50克	枸杞	4克
鸡蛋	1个	水	2000毫升
桂皮	7克		

制作过程

1. 将鸭架子做汤底，去浮油，小火煮3小时后过滤放凉备用。

2. 把鸡鸭肉馅、蔬菜碎、蛋清混合搅拌上劲，加入底汤。

3. 煮开后改小火，去掉杂质和浮油，放入汤料包（桂皮、大料、姜、枸杞、大葱、黑胡椒）小火煮5~6个小时，用滤纸过滤。

4. 出菜时加盐调口，加大葱、芹菜丝装饰即可。

出品量 2 份

原　料

干明太鱼	100克
黄豆芽	50克
鸡蛋	1个
鸡粉	30克
牛肉粉	30克
韩国辣椒面	10克
鱼水	600毫升

制作过程

1. 先将明太鱼洗净泡软，取其肉撕成条状；黄豆芽焯熟备用。

2. 锅中加入鱼水、明太鱼和黄豆芽略煮，开锅后放入牛肉粉、鸡粉和辣椒面调味，再打入鸡蛋即可。

出品量 2 份

原　料

牛肉	400克
白菜	400克
牛肉粉	40克
葱花	30克
盐	少许
香油	少许
水	1500毫升

制作过程

1. 先将牛肉切块煮熟备用，牛肉汤过滤，白菜叶焯熟过凉撕成条状备用。

2. 将牛肉块与白菜条放入牛肉汤中略煮，再加入牛肉粉及少许盐调味，出锅前放入葱花及香油即可。

大悦城酒店西餐副总厨。

韩式酱汤 \ 制作者：张建
Korean Miso Soup

 出品量 4 份

原　料

韩国长寿酱	150克
香菇丁	100克
胡萝卜丁	100克
西葫芦丁	100克
牛肉粉	60克
青红椒丁	各60克
盐	少许
油	10克
水	1000毫升

制作过程

1. 锅中放少许油，小火煸炒长寿酱，炒出香味后放入香菇丁、胡萝卜丁、西葫芦丁炒熟。

2. 加入适量清水，开锅后放入牛肉粉及盐调味，出锅前放入青红椒丁略煮即可。

辣白菜豆腐汤 \ 制作者：岳树起
South Korea Kimchi Tofu Soup

出品量 6 份

原 料

五花肉	300克
辣白菜	200克
豆腐	200克
牛肉粉	100克
油	10克
葱花	少许
水	1500毫升

制作过程

1. 将五花肉切成薄片，豆腐切成厚片备用。

2. 先将五花肉下锅煸熟，再放入辣白菜煸出香味，然后放入清水略煮10分钟，再放入牛肉粉调味后放入豆腐，开锅后点缀少许葱花即可。

意大利海鲜汤 ＼ 制作者：杨大成
Italian Seafood Soup

出品量②份

原料

扇贝	1只	百里香	2克
明虾	1只	紫苏	2克
鲜鱿	20克	奥里根奴	2克
洋葱丁	10克	虾汤	600毫升
胡萝卜丁	10克	橄榄油	10毫升
西芹丁	10克	盐	少许
土豆丁	10克	胡椒粉	少许
番茄酱	20克		

制作过程

1. 将鲜鱿打成花刀与明虾及扇贝用开水焯熟备用。

2. 锅中倒入橄榄油下洋葱丁、胡萝卜丁、西芹丁煸出香味，放入番茄酱小火炒至微酸时放入香料，煸炒出香味后下入虾汤，开锅后加入土豆丁煮1小时，再加入海鲜略煮。

3. 汤中再加入盐及胡椒粉调味。

4. 最后将汤盛入碗中即可。

北京翠明庄西餐行政总厨。

芦笋芝士汤 \ 制作者：苏强
Asparagus Cheese Soup

出品量 2 份

原　料

芦笋	300克	鸡汤	200毫升
卡夫芝士粉	20克	香叶	2片
淡奶油	50毫升	牛奶	80毫升
洋葱	50克	盐	少许
黄油	20克	胡椒粉	少许
面粉	20克		

制作过程

1. 芦笋切成小块，洋葱切丝备用。将锅上火放入10克黄油，小火让黄油融化后放入面粉炒至金黄色（面粉无生味），倒入牛奶搅拌均匀，开锅后过罗备用。

2. 锅中放入10克黄油，待化开后放入洋葱丝煸炒至金黄色，放入香叶及芦笋略微煸炒，放入鸡汤及牛奶白汁，开锅后取出香叶用打碎机打碎后过罗。

3. 锅上火将过滤后的芦笋汤烧开，并加入淡奶油再放盐与胡椒粉调味后倒入汤碗中，最后撒上芝士粉即可。

北京金都假日酒店西餐总厨。

 出品量②份

原料

番茄	700克	蒜碎	10克
红椒	300克	糖	30克
蔬菜水	800毫升	面包丁	50克
橄榄油	20克	盐	少许
红酒	100毫升	黑胡椒粉	少许
洋葱碎	10克		

制作过程

1. 红椒切开去籽，上火扒至起小泡去皮备用，番茄用热水烫一下，去皮、去籽切碎备用。

2. 锅中倒入橄榄油，小火炒洋葱碎及蒜碎，炒出香味后放番茄及红椒、红酒、蔬菜水、糖炖2小时，直到番茄成糊状，关火冷却10分钟后用搅拌器搅拌，倒入罗中过滤。待彻底凉后放入冰箱3小时左右。

3. 锅中放少许油，用小火将面包丁炒至金黄色待用。

4. 将冻过的汤加入盐及黑胡椒粉调味后，倒入汤碗中撒上炒好的面包丁即可。

 出品量 **2** 份

原　料

鸡腿肉	100克	面粉	20克
鸡汤	600毫升	牛奶	100毫升
口蘑	50克	香叶	2片
苏打饼干	60克	盐	适量
黄油	20克	胡椒粉	适量

制作过程

1. 锅中放入黄油，化开后放入面粉与香叶炒至金黄色后（无生面味）便可倒入牛奶搅拌，稍后（一直搅拌别扒锅）过罗备用。

2. 鸡腿肉用盐、胡椒粉腌制10分钟，上火煎至金黄色后切成丁，白口蘑切片。

3. 把做好的白汁倒入烧开的鸡汤中，均匀搅拌并放入鸡肉丁和切好的白口蘑，放入胡椒粉、盐调口，放入饼干即可。

马来西亚羊肉汤 \ 制作者：张建
Lamb Soup

原料

羊后腿肉	500克	白胡椒粒	5克
白萝卜	500克	椰浆	30克
胡萝卜	100克	黄油	10克
西芹	100克	小红辣椒	1个
姜蓉	10克	盐	少许
蒜蓉	10克	水	3000毫升
香叶	2片	姜黄粉	适量

制作过程

1. 将羊肉用胡萝卜和西芹腌制。

2. 锅中放水，下入羊肉和白胡椒粒及香叶煮2小时后，将羊肉切成丁，肉汤过罗待用。

3. 锅上火炒姜蓉、蒜蓉、姜黄粉，炒出香味后倒入羊汤，开锅后下入白萝卜及羊肉丁煮1小时，将煮好的汤加入椰浆及盐调味，倒入碗中加小红辣椒装饰即可。

出 品 量 ② 份

▌原　料

鲜意式馄饨	200克
胡萝卜	100克
西芹	100克
西葫芦	100克
香菇	100克
鸡汤	800毫升
淡酱油	30毫升

▌制作过程

1. 将胡萝卜、西葫芦、西芹切成丁，香菇切丝备用。

2. 锅上火，先将胡萝卜丁、西葫芦丁、西芹丁、蘑菇丝炒出香味，倒入鸡汤和淡酱油煮2小时，再放入馄饨煮20分钟即可。

小贴士：

鲜馄饨的馅料为鸡肉及蘑菇制成。

奶油西洋菜汤 \ 制作者：张建
Watercress Cream Soup

 **出品量❷份**

▌原　料

西洋菜	200克
洋葱	50克
清水	500毫升
黄油	20克
面粉	20克
淡奶油	50毫升
牛奶	50克
盐	少许
胡椒粉	少许

▌制作过程

1. 将西洋菜洗净，洋葱切丝备用。

2. 锅上火放入10克黄油，小火让黄油融化放入面粉炒至金黄色（面粉无生味），倒入牛奶搅拌均匀，开锅后过罗备用。

3. 锅上火放入10克黄油，炒洋葱丝至金黄色再放入西洋菜略炒，倒入清水煮开倒入牛奶白汁，开锅后用搅拌机搅拌均匀过罗。

4. 将过滤后的汤倒入锅中，开锅后加入盐及胡椒粉、淡奶油，调味后倒入碗中，淋上淡奶油，放上鲜西洋菜装饰即可。

印度咖喱鸡肉汤 \ 制作者：史汉麟
Curry Chicken Soup

出品量 **2** 份

原　料

鸡腿肉	100克	姜黄粉	10克
鸡汤	400毫升	黄油	10克
洋葱	150克	小红尖椒	1个
姜蓉	15克	葱丝	适量
蒜蓉	15克	盐	适量
米饭	80克	胡椒粉	适量
咖喱粉	15克		

制作过程

1. 鸡腿肉用水煮熟后撕成条状备用，洋葱切成丝备用。

2. 锅上火放黄油，小火煸炒洋葱丝、蒜蓉、姜蓉至金黄色，再下入咖喱粉及姜黄粉炒出香味，放入鸡汤和米饭煮30分钟，然后用搅拌器充分搅拌后过罗。

3. 将过罗后的汤加入鸡条略煮后，加入盐及胡椒粉调味。

4. 将调好的汤倒入碗中加上小红尖椒和葱丝装饰即可。

中信国安第一城行政总厨。

鳕梨汤 \ 制作者：史汉麟
Chilled Avocado Soup

 **出品量1份**

原料

鲜鳄梨	1个
牛肉清汤	100毫升
鲜奶油	50毫升
辣椒油	3滴
青柠	半个
盐胡椒	25克
鲜辣椒、香草	10克

制作过程

1. 把鳄梨去皮去核。

2. 牛肉清汤主要是用牛肉、洋葱、芹菜、胡萝卜、鸡蛋和香料一起煮4～5小时。

3. 把常温状态清汤加鳄梨、辣椒油、青柠汁调和味道，在打碎器内打匀，最后加奶油搅匀。

4. 盛入容器后用鲜辣椒、香草装饰。

小贴士：

在制作菜肴时，所有的菜式装点和搭配都是可以有些适当的发挥。如此菜人们可以用薄荷、面包粒、酸奶油与其搭配。